U0127099

稼軒詞卷第三

新荷葉　和趙德莊韻

人已歸來，杜鵑欲勸誰歸。綠樹如雲，等閒付與鶯飛。兔葵燕麥，問劉郎、幾度沾衣。翠屏幽夢，覺來水繞山圍。　有酒重攜，小園隨意芳菲。往日繁華，而今物是人非。春風半面，記當年、初識崔徽。南雲雁少，錦書無箇因依。

又　再和前韻

春色如愁，行雲帶雨纔歸。春意長閒，游絲盡日低飛。閒愁幾許，更晚風、特地吹衣。小窗人靜，棋聲似解重圍。　光景難攜，任他鶗鴂芳菲。細數前愆，不應詩酒皆非。知音絃斷，笑淵明、空撫餘徽。停杯對影，待邀明月相依。

又　再題傅巖叟悠然閣

種豆南山，零落一頃爲萁。歲晚淵明，也吟草盛苗稀。風流剗地，向尊前、采菊題詩。悠然忽見，此山正繞東籬。　千載襟期，高情想像當時。小閣橫空，朝來翠撲人衣。是中眞趣，問騁懷、遊目誰知。無心出岫，白雲一片孤飛。

又　趙茂嘉趙晉臣和韻見約初秋訪悠然再用韻

物盛還衰，眼看春葉秋萁。貴賤交情，翟公門外人稀。酒酣耳熱，又何須、幽憤裁詩。茂林脩竹，小園曲徑疎

籬　秋以爲期西風黃菊開時拄杖敲門任他顛倒
裳衣去年堪笑醉題詩醒後方知而今東望心隨去
鳥先飛

又 上巳日吳子似謂古今無此詞索賦

曲水流觴賞心樂事良辰蘭蕙光風轉頭天氣還新
明眸皓齒看江頭有女如雲折花歸去綺羅陌上芳
塵　能幾多春試聽啼鳥殷勤對景興懷向來愛樂
紛紛且題醉墨似蘭亭別敘時人後之覽者又將有
感斯文

御街行 無題

闌干四面山無數供望眼朝與暮好風吹雨過山來

吹盡一簾煩暑紗廚如霧簟紋如水別有生涼處
冰肌不受鉛華汙更旖旎真香聚臨風一曲最妖嬈
唱得行雲且住藕花都放木犀開後待與乘鸞去

又 山中問盛復之提幹行期

山城甲子冥冥雨門外青泥路杜鵑只是等閑啼莫
被他催歸去垂楊不語行人去後也會風前絮　情
知夢裏尋鴛鷺玉殿追班處怕君不飲太愁生不是
苦留君住白頭笑我年年送客自歎春江渡

祝英臺近 晚春

寶釵分桃葉渡煙柳暗南浦怕上層樓十日九風雨
斷腸點點飛紅都無人管更誰勸流鶯聲住　鬢邊

覷試把花卜歸期才簪又重數羅帳燈昏哽咽夢中
語是他春帶愁來春歸何處卻不解帶將愁去

又 與客飲瓢泉客以泉聲喧靜爲問余醉未及答或者以蟬噪林逾靜代對意甚美矣翌日爲此賦詞以褒之

水縱橫山遠近拄杖占千頃老眼羞明水底看山影
試敎水動山搖吾生堪笑似此箇青山無定 一瓢
飲人間翁愛飛泉來尋箇中靜遶屋聲喧怎做靜中
鏡我眠君且歸休維摩方丈待天女散花時問

婆羅門引 別杜叔高高長於楚詞

落花時節杜鵑聲裏送君歸未消文字湘纍只怕蛟
龍雲雨後會渺難期更何人念我老大傷悲 已而

已而算此意只君知記取岐亭買酒雲洞題詩爭如
不見纔相見便有別離時千里月兩地相思

又 用韻別郭逢道

綠陰啼鳥陽關未徹早催歸歌珠悽斷纍纍回首海
山何處千里共襟期歎高山流水絃斷堪悲 中心
悵而似風雨落花知更擬停雲君去細和陶詩見君
何日待瓊林宴罷醉歸時人爭看寶馬來思

又 用韻答傅先之時傅先之宰龍泉歸

龍泉佳處種花滿縣郤東歸腰間玉若金纍須信功
名富貴長與少年期恨高山流水古調今悲 卧龍
暫而算天上有人知最好五十學易三百篇詩男兒

事業看一日須有致君時端的了休便尋思

又 用韻答趙晉臣敷文

不堪鵾鴂早教百草放春歸江頭愁殺吾纍卻覺君
侯雅句千載共心期便留春甚樂樂了須悲　瓊而
素而被花惱只鶯知正要千鍾角酒五字裁詩江東
日暮道繡斧人去未多時還又要玉殿論思

又 趙晉臣敷文張燈甚盛索賦偶憶舊游未章因及之

落星萬點一天寶焰下層霄人間疊作僊鼇取愛金
蓮側畔紅粉裊花梢更鳴鼉擊鼓噴玉吹簫　曲江
畫橋記花月可憐宵想見閒愁未了宿酒纔消東風
搖蕩似楊柳十五女兒腰人共柳那箇無聊

千年調 開山徑得石壁因名曰蒼壁事出望外意天之所賜邪喜而賦

左手把青霓右手挾明月吾使豐隆前導叫開閶闔
周遊上下徑入寥天一覽玄圃萬斛泉千丈石　鈞
天廣樂燕我瑤之席帝飲予觴甚樂賜汝蒼壁璘珣
突兀正在一邱壑余馬懷僕夫悲下恍惚

又 蔗庵小閣名曰卮言作此詞以嘲之

卮酒向人時和氣先傾倒最要然然可可萬事稱好
滑稽坐上更對鴟夷笑寒與熱總隨人甘國老　少
年使酒出口人嫌拗此箇和合道理近日方曉學人
言語未會十分巧看他門得人憐秦吉了

粉蝶兒 和趙晉臣敷文賦落梅

昨日春如十三女兒學繡一枝枝不教花瘦甚無情便下得雨僝風僽向園林鋪作地衣紅縐　而今春似輕薄蕩子難久記前時送春歸後把春波都釀作一江醽酎約清愁楊柳岸邊相候

千秋歲 金陵壽史帥致道時有版築役

塞垣秋草又報平安好尊俎上英雄表金湯生氣象珠玉霏譚笑春近也春花得似人難老　莫惜金尊倒鳳詔看看到留不住江東小從容帷幄裏整頓乾坤了千百歲從今盡是中書考

江神子 和人韻

牕雲殘日弄陰晴晚山明小溪橫枝上綿蠻休作斷腸聲但是青山山下路青到處總堪行　當年綵筆賦蕪城憶平生若爲情試把靈槎歸路問君平花底夜深寒較甚須拚卻玉山傾

又

梨花著雨晚來晴月朧明淚縱橫繡閣香濃深鎖鳳簫聲未必人知春意思還獨自繞花行　酒兵昨夜壓愁城太狂生轉關情寫盡胸中磈磊未全平卻與平章珠玉價看醉裏錦囊傾

又 和陳仁和韻

玉簫聲遠憶驂鸞幾悲歡帶羅寬且對花前痛飲莫留殘歸去小窗明月在雲一縷玉千竿　吳霜應點

鬢雲斑綺窗閒夢連環說與東風歸與有無閒芳草
姑蘇臺下路和淚看小屏山

又

寶釵飛鳳鬢驚鸞望重歡水雲寬腸斷新來翠被粉
香殘待得來時春盡也梅結子筍成竿　湘筠簾捲
淚痕斑珮聲閒玉垂環箇裏柔溫容我老其間卻笑
平生三羽箭何日去定天山

又 和人韻

梅梅柳柳鬬纖穠亂山中爲誰容試著春衫依舊怯
東風何處踏青人未去呼女伴認驕驄　兒家門戶
幾重重記相逢畫樓東明日重來風雨暗殘紅可惜
行雲春不管裙帶褪鬢雲鬆

又 博山道中書王氏壁

一川松竹任橫斜有人家被雲遮雪後疏梅時見兩
三花比著桃源溪上路風景好不爭些　旗亭有酒
徑須賒晚寒咱怎禁他醉裏匆匆歸騎自隨車白髮
蒼顏吾老矣只此地是生涯

又 聞蟬蛙戲作

簟鋪湘竹帳籠紗醉眠些夢天涯一枕驚回水底沸
鳴蛙借問喧天成鼓吹良自苦爲官耶　心空喧靜
不爭多病維摩意云何掃地燒香且看散天花斜日
綠陰枝上噪還又問是蟬麼

又 送元濟之歸豫章

亂雲擾擾水潺潺笑溪山幾時閒更覺桃源人去隔仙凡 桃源乃王氏酒壚與濟之送別處 萬壑千巖樓外雪瓊作樹玉爲闌 倦遊回首且加餐短篷寒畫圖閒見說嬌顰擁髻待君看二月東湖湖上路官柳嫩野梅殘

又 賦梅寄余叔良

暗香橫路雪垂垂晚風吹曉風吹花意爭春先出歲寒枝畢竟一年春事了緣太早卻成遲 未應全是雪霜姿欲開時未開時粉面朱唇一半點胭脂醉裏謗花花莫恨渾冷澹有誰知

又 別吳子似未寄潘德久

看君人物漢西都過吾廬笑談初便說公卿元自要通儒一自梅花開了後長怕說賦歸歟 而今別恨滿江湖怎消除算何如杖屨當時聞早放教疎今代故交新貴後渾不寄數行書

又 侍者請先生賦詞自壽

兩輪屋角走如梭太忙些怎禁他擬倩何人天上勸羲娥何似從容來左右傾美酒聽高歌 人生今古不消磨積教多似塵沙未必堅牢剗地實堪嗟莫道長生學不得學得後待如何

又 和李能伯韻呈趙晉臣

五雲高處望西淸玉階升棣華榮築是溪頭樓觀畫

難成長夜笙歌還起問誰放月又西沈　家傳鴻寶
舊知名看長生奉嚴宸且把風流水北畫耆英咫尺
西風詩酒社石鼎句要彌明

青玉案元夕

東風夜放花千樹更吹落星如雨寶馬雕車香滿路
鳳簫聲動玉壺光轉一夜魚龍舞　蛾兒雪柳黃金
縷笑語盈盈暗香去衆裏尋它千百度驀然迴首那
人卻在燈火闌珊處

感皇恩滁州壽范倅

春事到清明十分花柳喚得笙歌勸君酒酒如春好
春色年年依舊青春元不老君知否　席上看君竹
清松瘦待與青春鬭長久三山歸路明日天香襟袖
更持金盞起爲君壽

又

七十古來稀人人都道不是陰功怎生到松姿雖瘦
偏奈雪寒霜曉看君雙鬢底青青好　樓雪初晴庭
闈嬉笑一醉何妨玉壺倒從今康健不用靈丹仙草
更看一百歲人難老

又慶嬸母王恭人七十

七十古來稀未爲希有須是榮華更長久滿牀靴笏
羅列兒孫新婦精神渾似箇西王母　遥想畫堂兩
行紅袖妙舞清歌擁前後大男小女逐箇出來爲壽

一箇一百歲一杯酒

又 讀莊子聞朱晦庵卽世

案上數編書非莊卽老會說忘言始知道萬言千句不自能忘堪笑今朝梅雨霽靑天好 一壑一邱輕衫短帽白髮多時故人少子雲何在應有玄經遺草江河流日夜何時了

又 壽鉛山陳丞及之

富貴不須論公應自有且把新詞祝公壽當年仙桂父子同攀希有人言金殿上他年久 冠冕在前周公拜手同日催班魯公後此時人羨綠鬢朱顏依舊親朋來賀喜休辭酒

行香子 三山作

好雨當春要趁歸耕況而今已是清明小窗坐地側聽簷聲恨夜來風夜來月夜來雲 花絮飄零鶯燕丁寧怕妨儂湖上閒行大心肯後費甚心情放霎時陰霎時雨霎時晴

又 山居客至

白露園蔬碧水溪魚笑先生釣罷還鋤小窗高臥風展殘書看北山移盤谷序輞川圖 白飯靑芻赤腳長鬚客來時酒盡重沽聽風聽雨吾愛吾廬歎苦無心剛自瘦此君疎

又 博山戲呈趙昌甫韓仲止

少日嘗聞富不如貧貴不如賤者長存由來至樂總屬閒人且飲瓢泉弄秋水看停雲　歲晚情親老語彌眞記前時勸我殷勤都休殢酒也莫論文把相牛經種魚法教兒孫

又雲巖道中

雲岫如簪野漲挼藍向春闌綠醒紅酣青裙縞袂兩兩三三把麴生禪玉版局一時參　拄杖彎環過眼嵌巖岸輕烏白髮鬖鬖他年來種萬桂千杉聽小綿蠻新格磔舊呢喃

一翦梅游蔣山呈葉丞相

獨立蒼茫醉不歸日暮天寒歸去來兮探梅踏雪幾何時今我來思楊柳依依　白石崗頭曲岸西一片閒愁芳草萋萋多情山鳥不須啼桃李無言下自成蹊

又中秋無月

憶對中秋月桂叢花在杯中月在杯中今宵樓上一尊同雲溼紗窗雨溼紗窗　渾欲乘風問化工路也難通信也難通滿堂惟有燭花紅杯且從容歌且從容

踏沙行庚戌中秋後二夕帶湖篆岡小酌

夜月樓臺秋香院宇笑吟吟地人來去是誰秋到便淒涼當年宋玉悲如許　隨分杯盤等閒歌舞問他

有甚堪悲處思量卻也有悲時重陽節近多風雨

又 賦木犀

弄影闌干吹香巖谷枝枝點點黃金粟未堪收拾付薰爐窗前且把離騷讀　奴僕葵花兒曹金菊一枝風露清涼足旁邊只欠箇姮娥分明身在蟾宮宿

又 賦稼軒集經句

進退存亡行藏用舍小人請學樊須稼衡門之下可棲遲日之夕矣牛羊下　去衛靈公遭桓司馬東西南北之人也長沮桀溺耦而耕丘何為是栖栖者

又 和趙國興知錄韻

吾道悠悠憂心悄悄最無聊處秋光到西風林外有

啼鴉斜陽山下多衰草　長憶商山當年四老塵埃也走咸陽道為誰書到便幡然至今此意無人曉

定風波 暮春漫興

少日春懷似酒濃插花走馬醉千鍾老去逢春如病酒唯有茶甌香篆小簾櫳　捲盡殘花風未定休恨花開元自要春風試問春歸誰得見飛燕來時相遇夕陽中

又 大醉歸自葛園家人有痛飲之戒故書于壁

昨夜山翁倒載歸兒童應笑醉如泥試與扶頭渾未醒休問夢魂猶在葛家溪　欲覓醉鄉今古路知處溫柔東畔白雲西起向綠窗高處看題徧劉伶元自

有賢妻

又　用藥名招婺源馬荀仲游雨巖馬善醫

山路風來草木香雨餘涼意到胡牀泉石膏肓吾已甚多病隄防風月費篇章　孤負尋常山簡醉獨自應知楊子草玄忙湖海早知身汗漫誰伴只甘松竹共淒涼

又　藥名

仄月高寒水石鄉倚空青碧對禪房白髮自憐心似鐵風月史君仔細與平章　平昔生涯筇竹杖來往卻慚沙鳥笑人忙便好剩留黃卷句誰賦銀鉤小草晚天涼

又　施樞密聖與席上賦

春到蓬壺特地晴神仙隊裏相公行翠玉相挨呼小子須記笑簪花底是飛瓊　總是傾城來一處誰妒誰攜歌舞到園亭柳妒腰肢花妒豔聽著流鶯直是妒歌聲

又　席上送范先之游建鄴

聽我尊前醉後歌人生無奈別離何但使情親千里近須信無情對面是山河　寄語石頭城下水居士而今渾不怕風波借使未成鷗鷺伴經慣也應學得老漁簑

又　三山送盧國華提刑約上元重來

少日猶堪話別離老來怕作送行詩極目南雲無雁過君看梅花也解寄相思　無限江山行未了父母不須和淚看旌旗後會丁寧何日是須記春風十里放燈時

又用韻時國華置酒歌舞甚盛

莫望中州歎黍離元和盛德要君詩老去不堪誰似我歸臥青山活計費尋思　誰築詩壇高十丈直上看君斬將更搴旗歌舞正濃還有語記取鬚髯不似少年時

又和白

金印纍纍佩陸離河梁更賦斷腸詩莫擁旌旗真箇去何處玉堂元自要論思　且約風流三學士同醉春風看試幾槍旗從此酒酣明月夜耳熱那邊應是說儂時

又賦杜鵑花

百紫千紅過了春杜鵑聲苦不堪聞御解啼教春小住風雨空山招得海棠魂　恰似蜀宮當日女無數猩猩血染赭羅巾畢竟花開誰作主記取大都花屬惜花人

又再用韻和趙晉臣敷文

野草閒花不當春杜鵑御是舊知聞漫道不如歸去住梅雨石榴花又是離魂　前殿羣臣深殿女赭袍

一點萬紅巾莫問興亡今幾許聽取花前毛羽已差
人

破陣子　爲范南伯壽時南伯爲張南軒辟宰盧溪南伯遲遲未行因作此以勉之

擲地劉郎玉斗挂帆西子扁舟千古風流今在此萬
里功名莫放休君王三百州　燕雀豈知鴻鵠貂蟬
元出兜鍪卻笑盧溪如斗大肯把牛刀試手不壽君
雙玉甌

又　爲陳同甫賦壯詞以寄之

醉裏挑燈看劍夢回吹角連營八百里分麾下炙五
十絃翻塞外聲沙場秋點兵　馬作的盧飛快弓如
霹靂弦驚了卻君王天下事贏得生前身後名可憐

白髮生

又　贈行

少日春風滿眼而今秋葉辭柯便好消磨心下事也
憶尋常醉後歌新來白髮多　明日扶頭顛倒倩誰
伴舞婆娑我定思君拚瘦損君不思兮可奈何天寒
將息呵

又　趙晉臣敷文幼女縣主覓詞

菩薩叢中惠眼碩人詩裏娥眉天上人間眞福相畫
就描成好靨兒行時嬌更遲　勸酒偏多最劣笑時
猶有些痴更著十年君看取兩國夫人更是誰殷勤
秋水詞

又　峽石道中有懷吳子似縣尉

宿麥畦中雉雊桑葉陌上蠶生騎火須防花月暗玉
唾長攜綵筆行隔牆人笑聲　莫說弓刀事業依然
詩酒功名千載途中今古事萬石溪頭長短亭小塘
風浪平

臨江仙　探梅　時修圖經集亭堠○途中之途當作圖

老去惜花心已懶愛梅猶繞江村一枝先破玉溪春
更無花態度全是雪精神　賸向青山餐秀色爲渠
著句清新竹根流水帶溪雲醉中渾不記歸路月黃
昏

又　醉宿崇福寺寄祐之弟祐之以僕先歸

莫向空山吹玉笛壯懷酒醒心驚四更霜月太寒生
被翻紅錦浪酒滿玉壺冰　小陸未須臨水笑山林
我輩鍾情今宵依舊醉中行試尋殘菊處中路候淵
明

又　再用韻送祐之弟歸浮梁

鍾鼎山林都是夢人間寵辱休驚只消閒處過平生
酒杯秋吸露詩句夜裁冰　記取小窗風雨夜對牀
燈火多情問誰千里伴君行曉山眉樣翠秋水鏡般
明

又

小靨人憐都惡瘦曲眉天與長顰沈思歡事惜腰身

枕添離別淚粉落卻深句　翠袖盈盈渾力薄玉笙
嫋嫋愁新夕陽依舊倚窗塵　葉紅苔鬱碧深院斷無
人

又

逗曉鶯啼聲昵昵掩關高樹冥冥小渠春浪細無聲
井窗聽夜雨出蘚轆轤青　碧碧旋荒金谷路烏絲
重記蘭亭彊扶殘醉繞雲屏一枝風露溼花重人疎
櫺

又 郎席和韓南澗韻

風雨催春寒食近平原一片丹青溪頭喚渡柳邊行
花飛蝴蝶亂桑嫩野蠶生　綠野先生閒袖手卻尋

詩酒功名未知明日定陰晴今宵成獨醉卻笑衆人
醒

又 爲岳母壽

住世都知菩薩行仙家風骨精神壽如山岳福如雲
金花湯沐誥竹馬綺羅裀　更願昇平添喜事大家
禱祝殷勤明年此地慶佳辰一杯千歲酒重拜太夫
人

又 和信守王道夫韻謝以爲壽時僕作閩憲

記取年年爲客夜只今明月相隨莫敎絃管便生衣
引壺觴自酌須富貴何時　入手清風詞更好細書
白璽烏絲海山問我幾時歸棗瓜如可啖直欲覓安

朔

又

春色饒君白髮了不妨倚綠偎紅翠鬟催喚出房櫳垂肩金縷窄醮甲寶杯濃　睡起鴛鴦飛燕子門前沙暖泥融畫樓人把玉西東舞低花外月唱徹柳邊風

又

金谷無煙宮樹綠嫩寒生怕春風博山微透暖薰櫳小樓春色裏幽夢雨聲中　別浦鯉魚何日到錦書封恨重重海棠花下去年逢也應隨分瘦忍淚覓殘紅

又　戲爲期思詹老壽

手種門前烏柏樹而今千尺蒼蒼田園只是舊耕桑杯盤風月夜簫鼓子孫忙　七十五年無事客不妨兩鬢如霜綠窗剗地調紅妝更從今日醉三萬六千場

又

手撚黃花無意緒等閒行盡回廊捲簾芳桂散餘香枯荷難睡鴨疎雨暗添塘　憶得舊時攜手處如今水遠天長羅巾浥淚別殘妝舊歡新夢裏閒處卻思量

又　和葉仲洽賦羊桃

憶醉三山芳樹下幾曾風韻忘懷黃金顏色五花開
味如盧橘熟貴似荔枝來　聞道商山餘四老橘中
自釀秋醅試呼名品細推排重重香肺腑偏殢聖賢
杯

又

冷雁寒雲渠有恨春風自滿余懷更教無日不花開
未須愁菊盡相次有梅來　□□□□□□□□
□□□醅□□□多要安排不須連日醉且進兩三
杯

又 侍者阿錢將行賦錢字以贈之

一自酒情詩興懶舞裙歌扇闌珊好天良夜月團團

杜陵眞好事留得一錢看　歲晚人欺程不識怎教
阿堵留連楊花榆莢雪漫天從今花影下只看綠苔
圓

又 諸葛元亮席上見和再用韻

夜雨南堂新瓦響三更急雨珊珊交情莫作碎沙團
死生貧富際試向此中看　記取他年耆舊傳與君
名字牽連清風一枕晚涼天覺來還自笑此夢倩誰
圓

又 壬戌歲生日書懷

六十三年無限事從頭悔恨難追已知六十二年非
只應今日是後日又尋思　少是多非惟有酒何須

過後方知從今休似去年時病中留客飲醉裏和人
詩

又 再用圓字韻

窄樣金杯休教了房櫳試聽珊珊莫教秋扇雪團團
古今悲笑事長付後人看　記取桔槔春雨後短畦
菊艾相連拙於人處巧於天君看流水地難得正方
圓

又 戲爲山園蒼壁解嘲

莫笑吾家蒼壁小稜層勢欲摩空相知惟有主人翁
有心雄泰華無意巧玲瓏　天作高山難得料解嘲
試倩揚雄君看當日仲尼窮從人賢子貢自欲學周

公

又 簪花屢墮戲作

鼓子花開春爛熳荒園無限思量今朝拄杖過西鄰
急呼桃葉渡爲看牡丹忙　不管昨宵風雨横依然
紅紫成行白頭陪奉少年場一枝簪不住推道帽簷
長

又

醉帽吟鞭花不住卻招花共商量人生何必醉爲鄉
從教斟酒淺休更和詩忙　一斗百篇風月地饒他
老子當行從今三萬六千場青青頭上髮還作柳絲
長

又 昨日得家報牡丹漸開連日少雨多晴當年未有僕留龍安蕭寺諸君亦不果來豈牡丹留不住爲恨耶因取來韻爲牡丹一語

秪恐牡丹留不住與君約束分明未開微雨半開晴要花開定準又更與花盟　魏紫朝來將進酒玉盤盂樣先呈鞓紅似向舞腰橫風流人不見錦繡夜間行

又

老去渾身無著處天教只住山林百年光景百年心更歡須歎息無病也呻吟　試向浮瓜沈李處清風散髮披襟莫嫌淺後更頻斟要他詩句好須是酒杯深

又 停雲偶作

偶向停雲堂上坐曉猿夜鶴驚猜主人何事太塵埃低頭還說向被召又重來　多謝北山山下老殷勤一語佳哉借君竹杖與芒鞋徑須從此去深入白雲堆

蝶戀花 和趙景明知縣韻

老去怕尋年少伴畫棟朱簾風月無人管公子看花朱碧亂新詞攪斷相思怨　涼夜愁腸千百轉一雁西風錦字何時遣畢竟啼烏才思短喚回曉夢天涯遠

又 和楊濟翁韻首句用邸宗卿書中語

檢點笙歌多釀酒蝴蝶西園暖日明花柳醉倒東風眠晝錦覺來小院重攜手　可惜春殘風又雨收拾情懷閒把詩僝僽楊柳人見離別後腰肢近日和他瘦

又　和楊濟翁韻餞范南伯知縣歸京口

淚眼送君傾似雨不折垂楊只倩愁隨去有底風光留不住煙波萬頃春江艣　老馬臨流癡不渡應惜障泥忘了尋春路身在稼軒安穩處書來不用多行數

又　席上贈楊濟翁侍兒

小小年華才月半羅幕春風幸自無人見剛道羞郎

低粉面傍人曾見回嬌盼　昨夜西池陪女伴柳困花慵見說歸來晚勸客持觴渾未慣未歌先覺花頭顫

又　用趙文鼎提舉送李正之提刑韻送鄭元英

莫向樓頭聽漏點說與行人默默情千萬總是離愁無近遠人間兒女空悲怨　錦繡心胸冰雪面舊日詩名曾道空梁燕傾蓋未償平日願一杯早唱陽關勸

又　客有燕語鶯啼人乍遠之句用爲首句

燕語鶯啼人乍遠卻恨西園依舊鶯和燕笑語十分愁一半翠圍特地春光暖　只道書來無過雁不道

柔腸近日無腸斷柄玉莫搖湘淚點怕君喚作秋風
扇

又 送祐之弟

衰草斜陽三萬頃不算飄零天外孤鴻影幾許淒涼
須痛飲行人自向江頭醒　會少離多看兩鬢萬縷
千絲何況新來病不是離愁難整頓被他引惹其他
恨

又 元日立春

誰向椒盤簪綵勝整整韶華爭上春風鬢往日不堪
重記省爲花常把新春恨　春未來時先借問晚恨
開遲早又飄零近今歲花期消息定只愁風雨無憑
準

又 月下醉書雨巖石浪

九畹芳菲蘭佩好空谷無人自怨蛾眉巧寶瑟泠泠
千古調朱絲絃斷知音少　冉冉年華吾自老水滿
汀洲何處尋芳草喚起湘纍歌未了石龍舞罷松風
曉

又 用前韻送人行

意態憨生元自好學畫鴉兒舊日偏他巧蜂蝶不禁
花引調西園人去春風少　春色無情秋又老誰管
閒愁千里青青草今夜情簪黃菊了斷腸明日霜天
曉

又

洗盡機心隨法喜看取尊前秋思如春意誰與先生寬髮齒醉時惟有歌而已　歲月何須溪上記千古黃花自有淵明比高臥石龍呼不起微風不動天如醉

又

何物能令公怒喜山要人來人要山無意恰似哀箏絃下齒千情萬意無時已　自要溪堂韓作記今代雲梯好語花難比老眼狂花空亂處銀鉤未見心先醉

小重山　席上和人韻送李子永提幹

旋製離歌唱未成陽關先畫出柳邊亭中年懷抱管絃聲難忘處風月此時情　夜雨共誰聽儘教清夢去雨三程商量詩價重連城相如老漢殿舊知名

又　三山與客泛西湖

綠漲連雲翠拂空十分風月處著衰翁垂楊影斷岸西東君恩重教且種芙蓉　十里水晶宮有時騎馬去笑兒童殷勤卻謝打頭風船兒住且醉浪花中

又　茉莉

倩得薰風染綠衣國香收不起透冰肌畧開些箇未多時窗兒外卻早被人知　越惜越嬌癡一枝雲鬢上那人宜莫將他去比荼蘼分明是他更韻些兒

南鄉子

隔戶語春鶯纔掛簾兒斂袂行漸見淩波羅襪步盈盈隨笑隨顰百媚生　著意聽新聲盡是司空自教成今夜酒腸難道窄多情莫放紗籠蠟炬明

又　舟中記夢

欹枕艣聲邊貪聽咿啞聒醉眠夢裏笙歌花底去依然翠袖盈盈在眼前　別後兩眉尖欲說還休夢已闌只記埋寃前夜月相看不管人愁獨自圓

又　慶前岡周氏旌表

無處著風光天上飛來詔十行父老歡呼童穉舞前岡千載周家孝義鄉　草木盡芬芳更覺溪頭水也香我道烏頭門側畔諸郎準備他年晝錦堂

又　送趙國宜赴高安戶曹

日日老萊衣更解風流蠟鳳嬉膝上放教文度去須知要使人看玉樹枝　剩記乃翁詩綠水紅蓮覓舊題歸騎春衫花滿路相期來歲流觴曲水時

又　登京口北固亭有懷

何處望神州滿眼風光北固樓千古興亡多少事悠悠不盡長江滾滾流　年少萬兜鍪坐斷東南戰未休天下英雄誰敵手曹劉生子當如孫仲謀

鷓鴣天　離豫章別司馬漢章大監

聚散匆匆不偶然三年歷徧楚山川但將痛飲酬風

刀莫放離歌入管絃　縈綠帶點青錢東湖春水碧
連天明朝放我東歸去後夜相思月滿船

又　和張子志提舉

別後妝成白髮新空教兒女笑陳人醉尋夜雨旗亭
酒夢斷東風輦路塵　騎騄駬荷青雲看公冠佩玉
階春忠言句句唐虞際便是人間要路津

又

尊俎風流有幾人當年未遇已心親金陵種柳歡娛
地庾嶺逢梅寂寞濱　尊似海筆如神故人南北一
般春玉人好把新妝樣淡畫眉兒淺注脣

又　代人賦

晚日寒鴉一片愁柳塘新綠卻溫柔若教眼底無離
恨不信人間有白頭　腸已斷淚難收相思重上小
紅樓情知已被雲遮斷頻倚闌干不自由

又

陌上柔桑破嫩芽東鄰蠶種已生些平岡細草鳴黃
犢斜日寒林點暮鴉　山遠近路橫斜青旗沽酒有
人家城中桃李愁風雨春在溪頭薺菜花

又

撲面征塵去路遙香篝漸覺水沉銷山無重數週遭
碧花不知名分外嬌　人歷歷馬蕭蕭旌旗又過小
紅橋愁邊剩有相思句搖斷吟鞭碧玉梢

又

唱徹陽關淚未乾功名餘事且加餐浮天水送無窮樹帶雨雲埋一半山　今古恨幾千般只今離合是悲歡江頭未是風波惡别有人間行路難

又 鵝湖道中

一榻清風殿影涼涓涓流水響回廊千章雲木鉤輈叫十里溪風䆉稏香　衝急雨趁斜陽山園細路轉微茫倦途卻被行人笑只爲林泉有底忙

又 鵝湖歸病起作

枕簟溪堂冷欲秋斷雲依水晚來收紅蓮相倚渾如醉白鳥無言定自愁　書咄咄且休休一丘一壑也

風流不知筋力衰多少但覺新來懶上樓

又

指點芳尊特地開風帆莫引酒船回方驚共折津頭柳卻喜重尋嶺上梅　催月上喚風來莫愁瓶罄恥金罍只愁畫角樓頭起急管哀絃次第催

又

著意尋梅懶便回何如信步雨三杯山纔好處行還倦詩未成時雨早催　攜竹杖更芒鞋朱朱粉粉野蒿開誰家寒食歸寧女笑語柔桑陌上來

又

翠木千尋上薜蘿東湖經雨又增波只因買得青山

好卻恨歸來白髮多　明晝燭洗金荷主人起無客
高歌醉中只恨歡娛少無奈明朝酒醒何

又

困不成眠奈夜何情知歸未轉愁多暗將往事思量
偏誰把多情惱亂他　些底事誤人多不成眞箇客
思家嬌癡卻妒香香睡喚起醒鬆說夢些

又 鄭守厚卿席上謝余伯山用其韻

夢斷京華故倦游只今芳草替人愁陽關莫作三疊
唱越女應須爲我留　看逸韻自名流青衫司馬且
江州君家兄弟眞堪笑箇箇能修五鳳樓

又 和人韻又有所贈

趁得西風汗漫游見他歌後怎生愁事如芳草春長
在人似浮雲影不留　眉黛斂眼波流十年薄倖說
揚州明朝短棹輕衫夢只在溪南罨畫樓

又 徐衡仲撫幹惠琴不受

千丈陰崖百丈溪孤桐枝上鳳偏宜玉香落落雖難
合橫理庚庚定自奇山谷聽摘阮歌云立壁庚庚有橫理　人散後月
明時試彈幽憤淚空垂不如卻付騷人手留和南風
解慍詩

又 用前韻和趙文鼎提舉賦雪

莫上扁舟訪剡溪淺斟低唱正相宜從教犬吠千家
白且與梅成一段奇　香暖處酒醒時畫簷玉筯已

偷垂笑君解釋春風恨倩拂蠻牋只費詩

又 重九席上

戲馬臺前秋雁飛管絃歌舞更旌旗要知黃菊清高處不入當年二謝詩　傾白酒遶東籬只於陶令有心期明朝九日渾瀟灑莫使尊前欠一枝

又

有甚閒愁可皺眉老懷無緒自傷悲百年旋逐花陰轉萬事長看鬢髮知　溪上枕竹間棋怕尋酒伴懶吟詩十分筋力誇彊健只比年時病起時

又 送范先之秋試

白苧新袍入嫩涼春蠶食葉響迴廊禹門已準桃花浪月殿先收桂子香　鵬北海鳳朝陽又攜書劍路茫茫明年此日青雲上卻笑人間舉子忙

又

一夜清霜變鬢絲怕愁剛把酒禁持玉人今夜相思不想見頻將翠枕移　眞箇恨未多時也應香雪減些兒菱花照面須頻記曾道偏宜淺畫眉

又 送歐陽國瑞入吳中

莫避春陰上馬遲春來未有不陰時人情輾轉閒中看客路崎嶇倦後知　梅似雪柳如絲試聽別語慰相思短蓬炊飯鱸魚熟除卻松江枉費詩

又

木落山高一夜霜北風驅雁又離行無言每覺情懷
好不飲能令興味長　頻聚散試思量爲誰春草夢
池塘中年長作東山恨莫遣離歌苦斷腸
又 席上再用韻
水底明霞十頃光天敎鋪錦襯鴛鴦最憐楊柳如張
緒卻笑蓮花似六郎　方竹簟小胡牀晚來消得許
多涼背人白鳥都飛去落日殘鴉更斷腸
又 石門道中
山上飛泉萬斛珠懸崖千丈落鼪鼯已通樵徑行還
礙似有人聲聽卻無　閒略彴遠浮屠溪南修竹有
茅廬莫嫌杖屨頻來往此地偏宜著老夫

又 敗棋賦梅雨
漠漠輕陰撥不開江南細雨熟黃梅有情無道東邊
日已怒重驚忽地雷　雲柱礎水接臺羅衣費盡博
山灰當時一識和羹味便道爲霖消息來
又 黃沙道中即事
句裏春風正翦裁溪山一片畫圖開輕鷗自趁虛船
去荒犬還迎野婦回　松共竹翠成堆要擎殘雪鬭
疎梅亂鴉畢竟無才思時把瓊瑤蹴下來
又 元溪不見梅
千丈冰溪百步雷柴門都向水邊開亂雲剩帶炊煙
去野水閒將日影來　穿窈窕過崔嵬東林試問幾

時栽動搖意態雖多竹點綴風流卻欠悔

又 戲題村舍

雞鴨成羣晚未收桑麻長過屋山頭有何不可吾方羨要底都無飽便休　新柳樹舊沙洲去年溪打那邊流自言此地生兒女不嫁余家即聘周

又 春日即事題毛村酒壚

春日平原薺菜花新耕雨後落羣鴉多情白髮春無奈晚日青帘酒易賒　閒意態細生涯牛闌西畔有桑麻青裙縞袂誰家女去趁蠶生看外家

又 睡起即事

水荇參差動綠波一池蛙影噤羣蛙因風野鶴飢猶

舞積雨山梔病不花　名利處戰爭多門前蠻觸日干戈不知更有槐安國夢覺南柯日未斜

又

石壁虛雲積漸高溪聲繞屋幾週遭自從一雨花零落卻愛微風草動搖　呼玉友薦溪毛殷勤野老苦相邀杖藜忽避行人去認是翁來卻過橋

又 送元濟之歸豫章

欹枕婆娑兩鬢霜起聽簷溜碎喧江那邊玉筯銷啼粉這裏車輪轉別腸　詩酒社水雲鄉可看醉墨幾淋浪畫圖卻似歸家夢千里河山寸許長

又 尋菊花無有戲作

掩鼻人間臭腐腸古今惟有酒偏香自從來住雲煙
畔直到而今歌舞忙　呼老伴共秋光黃花何處避
重陽要知爛熳開時節直待西風一夜霜

又 席上吳子似諸友見和再用韻答之

翰墨諸公久擅場胸中書傳許多香都無絲竹啣杯
樂卻有龍蛇落筆忙　閒意思老風光酒徒今有幾
高陽黃花不怯西風冷只怕詩人兩鬢霜

又

自古高人最可嗟只因疎嬾取名多居山一似庚桑
楚種樹真成郭槖駝　雲子飯水晶瓜林間攜客更
烹茶君歸休矣吾忙甚要看蜂兒晚趁衙

又 三山道中

拋卻山中詩酒窠卻來官府聽笙歌閒愁做弄天來
大白髮栽培日許多　新劍戟舊風波天生予懶奈
予何此身已覺渾無事卻教兒童莫恁麼

又

點盡蒼苔色欲空竹籬茅舍要詩翁花餘歌舞歡娛
外詩在經營慘澹中　聽軟語笑衰容一枝斜墜翠
鬟鬆淺顰深笑誰看醉看取瀟然林下風

又 用前韻賦梅三山梅開時猶有青葉子時病齒

病繞梅花酒不空齒牙牢在莫欺翁恨無飛雪青松
畔卻放疎花翠葉中　冰作骨玉為容當年宮額鬢

雲鬆直須爛熳燒銀燭橫笛難看一夜風

又

桃李漫山過眼空也宜惱損杜陵翁若將玉骨冰姿比李蔡爲人在下中　尋驛使寄芳容壠頭休放馬蹄鬆吾家籬落黃昏後剩有西湖處士風

又感有

出處從來自不齊後車方載太公歸誰知寂寞空山裏卻有高人賦采薇　黃菊嫩晚香枝一般同是采花時蜂兒辛苦多官府蝴蝶花間自在飛

又讀淵明詩不能去手戲作小詞以送之

晚歲躬耕不怨貧隻雞斗酒聚比鄰都無晉宋之間事自是羲皇以上人　千載後百篇存更無一字不清眞若教王謝諸郎在未抵柴桑陌上塵

又

鬓底青青無限春殘紅飛雪漫紛紛黃花也伴秋光老何似尊前見在身　書萬卷筆如神眼看同輩上青雲箇中不許兒童會只恐功名更過人

又戊午拜復職奉祠之命

老退何曾說著官今朝放罪上恩寬便支香火眞祠奉更綴文書舊殿班　扶病腳洗衰顏快從老病借衣冠此身忘世渾容易使世相忘卻自難

又和趙晉臣敷文韻

綠鬢都無白髮侵醉時拈筆越精神愛將蕪語追前事更把梅花比那人 回急雪遏行雲近時歌舞舊時情君侯要識誰輕重看取金杯幾許深

又 和傅先之提舉賦雪

泉上長吟我獨淸喜君未共雪爭明已驚並水鷗無色更怪行沙蟹有聲 添爽氣動雄容奇因六出憶陳平卻嫌鳥雀投林去觸破當樓雲母屏

又 傅山寺作

不向長安路上行卻敎山寺厭逢迎味無味處求吾樂材不材間過此生 寧作我豈其卿人間走徧卻歸耕一松一竹眞朋友山鳥山花好弟兄

又 不寐

老病那堪歲月侵霎時光景值千金一生不負溪山債百藥難醫書史淫 隨巧拙任浮沈人無同處面如心不妨舊事從頭記要寫行藏入笑林

又 有客慨然談功名因追念少年時事戲作

壯歲旌旗擁萬夫錦襜突騎渡江初燕兵夜娖側角切銀胡䩮漢箭朝飛金僕姑 追往事歎今吾春風不染白髭鬚卻將萬字平戎策換得東家種樹書

又 祝良顯家牡丹一本

占斷雕闌只一株春風費盡幾工夫天香夜染衣猶溼國色朝酣醉未蘇 嬌欲語巧相扶不妨老幹自

扶疏恰如翠幕高堂上來看紅衫百子圖

又 賦牡丹主人以謗花索賦解嘲

翠蓋牙籤數百株楊家姊妹夜遊初五花結隊香如霧一朵傾城醉未蘇　閒小立困相扶夜來風雨有情無愁紅慘綠今宵看恰似吳宮敎陣圖

又 再賦

濃紫深黃一畫圖中間更有玉盤盂先裁翡翠裝成蓋更點臙脂染透酥　香瀲灩錦糢糊主人長得醉工夫莫攜弄玉闌邊去羞得花枝一朵無

又

去歲花枝把酒杯雪中曾見牡丹開而今紈扇薰風

裏又見疏枝月下梅　歡幾許醉方回明朝歸路有誰催低聲待向他家道帶得歌聲滿耳來

又 壽吳子似縣尉時攝事城中

上巳風光好放懷故人猶未看花回茂林映帶誰家竹曲水流傳第幾杯　摛錦繡寫瓊瑰長年富貴屬多才要知此日生男好曾有周公祓禊來

又 寄葉仲洽

是處移花是處開古今興廢幾池臺背人翠羽偷魚去抱蘂黃鬚趁蝶來　掀老甕撥新醅客來且盡兩三杯日高盤饌供何晚市遠魚鮭買未回

又 登一邱一壑偶成

莫殢春光花下遊便須準備落花愁百年雨打風吹卻萬事三平二滿休　將擾擾付悠悠此生於世百無憂新愁次第相抛舍要伴春歸天盡頭

又 和吳子似山行韻

誰共春光管日華朱朱粉粉野蒿花閒愁投老無多子酒病而今較減些　山遠近路橫斜正無聊處管絃譁去年醉後猶能記細數溪邊第幾家

又 過嶠石用韻答吳子似

歎息頻年廩未高新詞空賀此邱遭遙知醉帽時時落見說吟鞭步步搖　乾玉唾秃錐毛只今明月費招邀最憐烏鵲南飛句不解風流見二喬

又 吳子似過秋水

秋水長廊水石間有誰來共聽潺潺羨君人物東西晉分我詩名大小山　窮自樂晚方閒人間路窄酒杯寬看君不了癡兒事又似風流靖長官

又 和章泉趙昌父

萬事紛紛一笑中淵明把菊對秋風細看爽氣今猶在惟有南山一似翁　情未好語言工三賢高致古來同誰知止酒停雲老獨立斜陽數過鴻

瑞鷓鴣 京口有懷山中故人

暮年不賦短長詞和得淵明數首詩君自不歸歸甚易今猶未足足何時　偷閒定向山中老此意須教

鶴輩知聞道只今秋水上故人曾榜北山移

又京口病中起登連滄觀偶成

聲名少日畏人知老去行藏與願違山草舊曾呼遠志故人今有寄當歸　何人可覓安心法有客來觀杜德機卻笑使君那得似清江萬頃白鷗飛

又

膠膠擾擾幾時休一出山來不自由秋水觀中秋月夜停雲堂下菊花秋　隨緣道理應須會過分功名莫强求先自一身愁不了那堪愁上更添愁

又乙丑奉祠歸舟次餘干賦

江頭日日打頭風憔悴歸來邴曼容鄭賈正應求死鼠葉公豈是好眞龍　孰居無事陪犀首未辦求封遇萬松卻笑千年曹孟德夢中相對也龍鍾

又

期思溪上日千回樟木橋邊酒數杯人影不隨流水去醉顏重帶少年來　疎蟬響澀林逾靜冷蝶飛輕菊半開不是長卿終慢世只緣多病又非才

稼軒詞卷第三終

稼軒詞卷第四

玉樓春（席上贈別上饒黃倅）

往年龍從堂前路路上人誇通判雨去年拄杖過瓢泉縣吏垂頭民歎語　學窺聖處文章古清到窮時風味苦尊前老淚不成行明日送君天上去

又（效白樂天體）

少年才把笙歌醆夏日非長愁夜短因他老病不相饒把好心情都做懶　故人別後書來勸乍可停杯彊喫飯云何相見酒邊時卻道達人須飲滿

又（用韻答葉仲洽）

狂歌擊碎村醪醆欲舞還憐衫袖短心如溪上釣磯

閒身似道旁官堠懶　山中有酒提壺勸好語憐君堪鮓飯至今有句落人間渭水秋風黃葉滿

又（用韻答吳子似縣尉）

君如九醞臺粘醆我似茅柴風味短幾時秋水美人來長恐扁舟乘興懶　高懷自飲無人勸馬有青芻奴白飯向來珠履玉簪人頗覺酒量車載滿

又（客有遊山者忘攜具而以詞來病不往索酒用韻以答余時以病不往）

山行日日妨風雨風雨晴時君不去牆頭塵滿短轅車門外人行芳草路　城南東野應聯句好記琅玕題字處也應竹裏著行廚已向甕邊防吏部

又（再和）

人間反覆成雲雨鳧雁江湖來又去十千一斗飲中仙一百八盤天上路　舊時楓落吳江句今日錦囊無著處看封關外水雲侯剩接山中詩酒部

又戲賦雲山

何人半夜推山去四面浮雲猜是汝當時相對兩三峰走徧溪頭無覓處　西風瞥起雲横度忽見東南天一柱老僧拍手笑相夸且喜青山依舊住

又用韻答傅巖叟葉仲洽趙國興

青山不解乘雲去怕有愚公驚著汝人間踏地出租錢借使移將無著處　三星昨夜光移度妙語來題橋上柱黃花不插滿頭歸定向白雲遮且住

又

無心雲自來還去元共青山相爾汝霎時迎雨障崔嵬雨過卻尋歸路處　侵天翠竹何曾度遥見屹然星砥柱今朝不管亂雲深來伴仙翁山下住

又

瘦筇倦作登高去卻把黃花相爾汝嶺頭拭目望龍山更在雲煙遮斷處　思量落帽人風度休說當年功紀柱謝公直是愛東山畢竟東山留不住

又

風前欲勸春光住春在城南芳草路未隨流落水邊花且作飄零泥上絮　鏡中已有星星誤人不負春

春自負夢回人遠許多愁只在梨花風雨處

又

三三兩兩誰家婦聽取鳴禽枝上語提壺沽酒已多時婆餅焦時須早去　醉中忘卻來時路借問行人家住處只尋古廟那邊行更過溪南烏桕樹

又 寄題文山鄭元英巢經樓

悠悠莫向文山去要把襟裾牛馬汝遙知書帶草邊行正在雀羅門裏住　平生插架昌黎句不似拾柴東野苦侵天且擬鳳凰巢掃地從他鸜鵒舞

又 樂令謂衛玠人未嘗夢擣虀餐鐵杵乘車入鼠穴以謂世無是事而有是理樂所謂無猶云有也戲作數語以明之

有無一理誰差別樂令區區猶未達事言無處未嘗無試把所無憑理說　伯夷飢采西山蕨何異擣虀餐杵鐵仲尼去衛又之陳此是垂車穿鼠穴

又 隱湖戲作

客來底事逢迎晚行裏鳴禽尋未見日高猶苦聖賢心門外誰酣蠻觸戰　多方爲渴泉尋徧何日成陰松種滿不辭長向水雲來只怕頻頻魚鳥倦

又 有自九江以石作觀音像持送者因以詞賦之

琵琶亭畔多芳草時對香爐峰一笑偶然重傍玉溪行不是白頭誰覺老　普陀大士神通妙影入石頭光了了看來將獻可無言長似慈悲顏色好

又 乙丑京口奉祠西歸將至仙人磯

江頭一帶斜陽樹總是六朝人住處悠悠興廢不關心惟有沙洲雙白鷺　仙人磯下多風雨好卸征帆留不住直須抖擻盡塵埃卻趁新涼秋水去

鵲橋仙 爲人慶八十席上戲作

朱顏暈酒方瞳點漆閒傍松邊倚杖不須更展畫圖看是箇壽星的模樣　今朝盛事一杯深勸更把新詞齊唱人間八十最風流長貼在兒孫額上

又 和范先之送祐之弟歸浮梁

小窗風雨從今便憶中夜笑談清軟啼鴉衰柳自無聊更管得離人腸斷　詩書事業猶在青氈頭上貂

蟬會見莫貪風月臥江湖道日近長安路遠

又 壽徐伯熙察院

豸冠風采繡衣聲價曾把經綸少試看看有詔日邊來便入侍明光殿裏　東君未老花明柳媚且引玉觥沈醉好將三萬六千場自今日從頭數起

又 己酉山行書所見

松岡避暑茆簷避雨閒去閒來幾度醉扶怪石看飛泉又卻是前回醒處　東家娶婦西家歸女燈火門前笑語釀成千頃稻花香夜夜費一天風露

又 慶岳母八十

八旬慶會人間盛事齊勸一杯春釀臙脂小字點眉

開猶記得舊時宮樣　綠衣更著功名富貴直過太
公以上大家耋意記新詞遇著箇十年便唱

又 賦鷺鷥

溪邊白鷺來吾告汝溪裏魚兒堪數主憐汝汝又憐
魚要物我欣然一處　白沙遠浦青泥別渚剩有鰕
跳鰍舞聽君飛去飽時來看頭上風吹一縷

又 席上和趙晉臣敷文

少年風月少年歌舞老去方知堪羨歎折腰五斗賦
歸來問走了羊腸幾徧　高車駟馬金章紫綬傳語
渠儂穩便問東湖帶得幾多春且看淩雲筆健

西江月 采石岸戲作漁父詞

千丈懸崖削翠一川落日鎔金白鷗來往本無心選
甚風波一任　別浦魚肥堪膾前村酒美重斟千年
往事已沈沈閒管興亡則甚

又 壽范南伯知縣

秀骨青松不老新詞玉佩相磨靈槎準擬泛銀河剩
摘天星幾箇 南伯去歲七月生子　奠枕樓頭風月駐春亭上
笙歌留君一醉意如何金印明年斗大

又 和楊民瞻賦丹桂韻

宮粉厭塗嬌額濃妝再厭秋花西真人醉憶仙家飛
珮丹霞羽化　十里芬芳未足一亭風露先加杏腮
桃臉費鉛華終慣秋蟾影下

又 癸丑正月四日三山被召經從建安席上和陳安行舍人韻

風月亭危致爽管絃聲脆休催主人只是舊情懷錦瑟傍邊須醉　玉殿何曾儂去沙隄正要公來看看紅藥又翻階趁取西湖春會

又 用韻和李兼濟提舉

且對東君痛飲莫教華髮空催瓊瑰千字已盈懷消得津頭一醉　休唱陽關別去只今鳳詔歸來五雲兩兩望三台已覺精神聚會

又 三山作

貪數明朝重九不知過了中秋人生有得許多愁只有黃花如舊　萬象亭中殢酒九仙閣上扶頭城鴉喚我醉歸休細雨斜風時候

又 夜行黃沙道中

明月別枝驚鵲清風半夜鳴蟬稻花香裏說豐年聽取蛙聲一片　七八箇星天外兩三點雨山前舊時茆店社林邊路轉溪橋忽見

又 春晚

賸欲讀書已懶只今多病長閒聽風聽雨小窗眠過了春光太半　往事數尋去鳥消愁難解連環流鶯不肯入西園喚起畫梁飛燕

又 木犀

金粟如來出世蘂宮仙子乘風清香一袖意無窮洗

盡塵緣千種　長爲西風作主更居明月光中十分
秋意與玲瓏擠卻今宵無夢

又 壽蔣之弟時新居落成

畫棟新垂簾幕華燈未放笙歌一杯瀲灩泛金波先
向大夫稱賀　富貴無應自有功名不用渠多只將
綠鬢抵羲娥金印須教斗大

又 遣興

醉裏且貪歡笑要愁那得工夫近來始覺古人書信
著全無是處　昨夜松邊醉倒問松我醉何如只疑
松動要來扶以手推松曰去

又 和趙晉臣敷文賦秋水瀑泉

八萬四千偈后更誰妙語披襟紉蘭結佩有同心喚
取詩翁來飲　鏤玉裁冰著句高山流水知音胸中
不受一塵侵卻怕靈均獨醒

又 悠然閣

一柱中擎遠碧兩峰旁聳高寒橫陳削盡短長山莫
把一分增減　我望雲煙目斷人言風景天慳被公
詩筆盡追還重上層梯一覽

又 示兒曹以家事付之

萬事雲煙忽過百年蒲柳先衰而今何事最相宜宜
醉宜遊宜睡　早趁催科了納更量出入收支迺翁
依舊管些兒管竹管山管水

又

粉面都成醉夢霜髯能幾春秋來時送我伴牢愁一見尊前似舊　詩在陰何側畔字居羅趙前頭錦囊來往幾時休已遣蛾眉等候

朝中措　醉歸祐之弟

藍輿嫋嫋破重岡玉笛兩紅妝這裏都愁酒盡那邊正和詩忙　為誰醉倒為誰歸去都莫思量白水東邊籬落斜陽欲下牛羊

又

夜深殘月過山房睡覺北窗涼起繞中庭獨步一天星斗文章　朝來客話山林鍾鼎那處難忘君向沙

頭細問白鷗知我行藏

又　為人壽

年年黃菊豔秋風更有拒霜紅黃似舊時宮額紅如此日芳容　靑靑未老尊前要看兒輩平戎試釀西江為壽西江綠水無窮

又

年年金蘂豔西風人與菊花同霜鬢經春重綠仙姿不飲長紅　焚香度日儘從容笑語調兒童一歲一杯為壽從今更數千鍾

又　九日小集時楊世長將赴南宮

年年團扇怨秋風愁絕玉杯空山下卧龍丰度臺前

戲馬英雄　而今休也花殘一似人老花同莫怪東

籬韻減只今丹桂香濃

清平樂 博山道中卽事

柳邊飛鞚露溼征衣重宿鷺窺沙孤影動應有魚鰕入夢　一川明月疎星浣沙人影娉婷笑背行人歸去門前稚子啼聲

又

茅簷低小溪上青青草醉裏吳音相媚好白髮誰家翁媼　大兒鋤豆溪東中兒正織雞籠最喜小兒亡賴溪頭看剝蓮蓬

又 獨宿博山王氏庵

繞牀饑鼠蝙蝠翻燈舞屋上松風吹急雨破紙窗間自語　平生塞北江南歸來華髮蒼顏布被秋宵夢覺眼前萬里江山

又 檢校山園書所見

連雲松竹萬事從今足拄杖東家分社肉白酒牀頭初熟　西風梨棗山園兒童偷把長竿莫遣旁人驚去老夫靜處閒看

又

斷崖松竹竹裏藏冰玉路轉清溪三百曲香滿黃昏雪屋　行人繫馬疎籬折殘猶有高枝留得東風數點只緣嬌嫩春遲

又 為兒鐵柱作

靈皇醮罷福祿都來也試引鵷鶵花樹下斷了驚驚怕怕　從今日日聰明更有潭妹嵩兒看取辛家鐵柱無災無難公卿

又 木犀

月明秋曉翠蓋團團好碎翦黃金數恁小都著葉兒遮了　打來休似年時小窗能有高低無頓許多香處只消三兩枝兒

又 再賦

東園向曉陣陣西風好喚起仙人金小小翠羽玲瓏裝了　一枝枕畔開時羅幃翠幕垂低恁地十分遮護打窗早有蜂兒

又 憶吳江賞木犀

少年痛飲憶向吳江醒明月團團高樹影十里水沈煙冷　大都一點宮黃人間直恁芬芳怕是秋天風露染教世界都香

又 壽信守王道夫

此身長健還卻功名願枉讀平生三萬卷滿酌金杯聽勸　男兒玉帶金魚能消幾許詩書料得金宵醉也兩行紅袖爭扶

又 壽趙民則提刑時新除且素不喜飲

詩書萬卷合上明光殿案上文書看來徧眉裏陰功

早見　十分竹瘦松堅看君自是長年若解尊前痛
飲精神便是神仙

又 題上盧橋

清泉奔快不管青山礙十里盤盤平世界更著溪山
襟帶　古今陵谷茫茫市朝往往耕桑此地居然形
勝似曾小小興亡

又

清詞索笑莫厭銀杯小應是天孫新與巧翦恨裁愁
句好　有人夢斷關河小窗日飲亡何想見重簾不
捲淚痕滴盡湘娥

又 呈趙昌甫時僕以病止酒昌甫作詩數篇末及之

雲煙草樹山北山南雨溪上行人相背去惟有啼鴉
一處　門前萬斛春寒梅花可噉摧殘使我長忘酒
易要君不作詩難

又 書王德由主簿扇

溪回沙淺紅杏都開徧鸂鶒不知春水暖猶傍垂楊
春岸　片帆千里輕船行人想見欹眠誰似先生高
舉一行白鷺青天

好事近 中秋席上和王路鈐

明月到今宵長是不如人約想見廣寒宮殿正雲梳
風掠　夜深休更喚笙歌簷頭雨聲惡不是小山詞
就這一場寥索

又 送李復州致一席上和韻

和淚唱陽關依舊字嬌聲穩回首長安何處怕行人歸晚 垂楊折盡只啼鴉把離愁勾引卻笑遠山無數被行雲低損

又 席上和王道夫賦元夕立春

綵勝鬭華燈平把東風吹卻喚取雪中明月伴使君行樂 紅旗鐵馬響春冰老去此情薄惟有前村梅在倩一枝隨著

又 和城中諸友韻

雲氣上林梢畢竟非空非色風景不隨人去到而今留得 老無情味到篇章詩債怕人索卻喜近來林下有許多詞客

菩薩蠻 金陵賞心亭為葉丞相賦

青山欲共高人語聯翩萬馬來無數煙雨卻低回望來終不來 人言頭上髮總向愁中白拍手笑沙鷗一身都是愁

又 用前韻

錦書誰寄相思語天邊數偏飛鴻數一夜夢千回梅花入夢來 漲痕紛樹髮霜落瀟湘白心事莫驚鷗人間千萬愁

又

江山病眼昏如霧送愁直到津頭路歸念樂天詩人

生足別離　雲屏深夜語夢到君知否玉筯莫偷垂
斷腸天不知

又　書江西造口壁

鬱孤臺下清江水中閒多少行人淚西北是長安可
憐無數山　青山遮不住畢竟東流去江晚正愁余
山深聞鷓鴣

又

西風都是行人恨馬頭漸喜歸期近試上小紅樓飛
鴻字字愁　闌干閒倚處一帶山無數不似遠山横
秋波相共明

又

功名飽聽兒童說看公兩眼明如月萬里勒燕然老
人書一編　玉階方寸地好趁風雲會他日赤松游
依然萬戶侯

又　送祐之弟歸浮梁

無情最是江頭柳長條折盡還依舊木葉下平湖雁
來書有無　雁無書尚可好語憑誰和風雨斷腸時
小山生桂枝

又　送鄭守厚卿赴闕

送君直上金鑾殿情知不久須相見一日甚三秋愁
來不自由　九重天一笑定是留中了白髮少經過
此時愁奈何

又 送曹君之莊所

人間歲月堂堂去勸君快上青雲路堅處一燈傳工夫螢雪邊　麴生風味惡辜負西窗約沙岸片帆開寄書無雁來

又 席上分賦得櫻桃

香浮乳酪玻璃盌年年醉裏嘗新慣何物比春風歌脣一點紅　江湖清夢斷翠籠明光殿萬顆瀉輕勻低頭愧野人

又 賦摘阮

阮琴斜挂香羅綬玉纖初試琵琶手桐葉雨聲乾珍珠落玉盤　朱絃調未慣笑倩東風伴莫作別離聲且聽雙鳳鳴

又 雪樓賞牡丹席上用楊民瞻韻

紅芽籤上羣仙客翠羅蓋底傾城色和雨淚闌干沈香亭北看　東風休放去怕有流鶯訴試問賞花人曉妝勻未勻

又 和盧國華提刑

旌旗依舊長亭路尊前試點鶯花數何處捧心顰人間別樣春　功名君自許少日聞雞舞詩句到梅花春風十萬家

卜算子 尋春作

脩竹翠蘿寒遲日江山暮幽徑無人獨自芳此恨知

無數　只共梅花語懶逐遊絲去著意尋春不肯香
香在無尋處

又 為人賦荷花

紅粉靚梳妝翠蓋低風雨占斷人間六月涼明月鷺
鴦浦　根底藕絲長花裏蓮心苦只為風流有許愁
更襯佳人步

又 聞李正之茶馬訃音

欲行且起行欲坐重來坐坐坐行行有倦時更枕閒
書臥　病是近來身懶是從前我淨掃瓢泉竹樹陰
且恁隨緣過

又 飲酒

盜跖儻名丘孔子如名跖跖聖丘愚直到今美□□
□□　簡策寫虛名螻蟻侵枯骨千古光陰一霎時
且進杯中物

又 用莊語

一以我為牛一以我為馬人與之名受不辭善學莊
周者　江海任虛舟風雨從飄瓦醉者乘車墜不傷
全得於天也

又 漫興

夜雨醉瓜廬春水行秧馬點檢田間快活人未有如
翁者　掃禿兔毫錐磨透銅臺瓦誰伴楊雄作解嘲
烏有先生也

又

珠玉作泥沙山谷量牛馬試上纍纍邱壠看誰是彊梁者　水浸淺深簷山壓高低瓦山水朝來笑問人翁早歸來也

又

漢代李將軍奪得胡兒馬李蔡爲人在下中卻是封侯者　芸草去陳根筧竹添新瓦萬一朝廷舉力田舍我其誰也

又　用韻答趙晉臣敷文趙有真得歸方是閒堂

百郡怯登車千里輸流馬乞得膠膠擾擾身卻笑區區者　野水玉鳴渠急雨珠跳瓦一榻清風方是閒真是歸來也

又

萬里只浮雲一唾空凡馬歎息曹瞞老驥詩伏櫪如公者　山鳥哢窺簷野鼠飢翻瓦老我癡頑合住山此地菟裘也

又　齒落

剛者不堅牢柔的難摧挫不信張開口角看舌在牙先墮　已闕兩邊廂又豁中間箇說與兒曹莫笑翁狗竇從君過

又　飲酒成病

一箇去學仙一箇去學佛仙飲千杯醉似泥皮骨如

金石　不飲便康彊佛壽須千百八十餘年入涅槃
且進杯中物

又（飲酒不寫書）

一飲動連宵一醉長三日廢盡寒温不寫書富貴何
由得　請看塚中人塚似當時筆萬札千言只恁休
且進杯中物

醜奴兒（醉中有歌此詩以勸酒者聊隱括之）

晚來雲淡秋光薄落日晴天落日晴天堂上風斜畫
燭煙　從渠去買人間恨字字都圓字字都圓腸斷
西風十四絃

又

尋常中酒扶頭後歌舞支持歌舞支持誰把新詞喚
住伊　臨岐也有旁人笑笑已爭知笑已爭知明月
樓空燕子飛

又（書博山道中壁）

煙蕪露麥荒池柳洗雨烘晴洗雨烘晴一樣春風幾
樣青　提壺脫袴催歸去萬恨千情萬恨千情各自
無聊各自鳴

又

此生自斷天休問獨倚危樓獨倚危樓不信人間別
有愁　君來正是眠時節君且歸休君且歸休說與
西風一任秋

又

少年不識愁滋味愛上層樓愛上層樓爲賦新詞强說愁　而今識盡愁滋味欲說還休欲說還休卻道天涼好箇秋

又

近來愁似天來大誰解相憐誰解相憐又把愁來做箇天　都將今古無窮事放在愁邊放在愁邊卻自移家向酒泉

又 和鉛山陳簿韻二首

鵝湖山下長亭路明月臨關明月臨關幾陣西風落葉乾　新詞誰解裁冰雪筆墨生寒筆墨生寒會說

離愁千萬般

又

年年索盡梅花笑疎影黃昏疎影黃昏香滿東風月一痕　清詩冷落無人寄雪豔冰魂雪豔冰魂浮玉溪頭煙樹村

浣溪紗 漫興作

未到山前騎馬回風吹雨打已無梅共誰消遣兩三杯　一似舊時春意思百無事處老形骸也曾頭上戴花來

又 黃沙嶺

寸步人間百十樓孤城春水一沙鷗天風吹樹幾時

休　突兀趁人山石狠朦朧避路野花羞人家平水
廟東頭

又　壽內子

壽酒同斟喜有餘朱顏卻對白髭鬚兩人百歲恰乘
除
婚嫁剩添兒女拜平安頻拆外家書年年堂上
壽星圖

又　瓢泉偶作

新葺茆簷次第成青山恰對小窗橫去年曾共燕經
營
病卻杯盤甘止酒老依香火苦翻經夜來依舊
管絃聲

又　壬子春赴閩別瓢泉

細聽春山杜宇啼一聲聲是送行詩朝來白鳥背人
飛
對鄭子眞巖石卧赴陶元亮菊花期而今堪誦
北山移

又　常山道中即事

北隴田高踏水頻西溪禾早已嘗新隔牆沽酒煮纖
鱗
忽有微涼何處雨更無留影霎時雲賣瓜人過
竹邊村

又　偕杜叔高吳子似宿山寺戲作

花向今朝粉面勻柳因何事翠眉顰東風吹雨細於
塵
自笑好山如好色只今懷樹更懷人閒愁閒恨
一翻新

又

歌串如珠箇箇勻被花勾引笑和顰向來驚動畫梁塵　莫倚笙歌多樂事相看紅紫又拋人舊巢還有燕泥新

又

父老爭言雨水勻眉頭不似去年顰殷勤謝卻甑中塵　啼鳥有時能勸客小桃無賴已撩人梨花也作白頭新

又 別杜叔高

這裏裁詩話別離那邊應是望歸期人言心急馬行遲　去雁無憑傳錦字春泥抵死汙人衣海棠過了

有荼蘼

又 席上趙景山提幹賦溪臺和韻

臺倚崩崖玉滅痕青山卻作捧心顰遠林煙火幾家村　引入滄浪魚得計展成寥闊鶴能言幾時高處見層軒

又

妙手都無斧鑿痕飽參佳處卻成顰恰如春入浣花村　筆墨今宵光有豔管絃從此悄無言主人席次兩眉軒

又 種松未成

草木於人也作疎秋來咫尺異榮枯空山歲晚孰華

余　孤竹君窮猶抱節，赤松子懶已生鬚。主人相愛肯留無。

又　種梅菊

百世孤芳肯自媒，直須詩句與推排。不然喚起酒邊來。　自有陶潛方有菊，若無和靖卽無梅。秖今何處向人開。

又　別澄上人併送性禪師

梅子生時到幾回，桃花開後不須猜。重來松竹意徘徊。　慣聽禽聲應可諳，飽觀魚陣已能排。晚風挾雨喚歸來。

山花子　答傅巖叟酬春之約

豔杏夭桃兩行排，莫攜歌舞去相催。次第未堪供醉眼，去年栽。　春意纔從梅裏過，人情都向柳邊來。咫尺東家還又有，海棠開。

又　用韻謝傅巖叟瑞香之惠

句裏明珠字字排，多情應也被春催。怪得名花和淚送，雨中栽。　赤腳未安芳斛穩，娥眉早把橘枝來。報道錦薰籠底下，麝臍開。

又　三山戲作

記得瓢泉快活時，長年耽酒更吟詩。蓦地捉將來斷送，老頭皮。　繞屋人扶行不得，閒窗學得鷓鴣啼。卻有杜鵑能勸道，不如歸。

又

日日閒看燕子飛舊巢新壘畫簾低玉屏今朝推戍已卻啣泥　先自春光留不住那看更著子規啼一陣晚香吹不斷落花溪

又　與客賞山茶一朵忽墮地戲作

酒面低迷翠被重黃昏院落月朦朧墮髻啼妝孫壽醉泥秦宮　試問花留春幾日畧無人管雨和風瞥向緑珠樓下見墜殘紅

又　簡傅巖叟

總把平生入醉鄉大都三萬六千場今古悠悠多少事莫思量　微有些寒春雨好更無尋處野花香年

去年來還又笑燕飛忙

又　用前韻謝傅巖叟餽名花鮮蕈

楊柳溫柔是故鄉紛紛蜂蝶去年場大率一春風雨事最難量　滿把攜來紅粉面堆盤更覺紫芝香幸自麯生閒去了又教忙纔止酒

又　病起獨坐停雲

殭欲加餐竟未佳只宜長伴病僧齋心似風吹香篆過也無灰　山下朝來雲出岫隨風一去未曾回次第前村行雨了合歸來

虞美人　賦荼蘼

羣花泣盡朝來露爭奈春歸去不知庭下有荼蘼偷

得十分春色怕春知　淡中有味清中貴飛絮殘紅避露華微浸玉肌香恰似楊妃初試出蘭湯

又 壽趙文鼎提舉

翠屏羅幕遮前後舞袖翻長壽紫髯冠佩御爐香看取明年歸奉萬年觴　今宵池上蟠桃席咫尺長安日寶煙飛焰萬花濃試看中間白鶴駕仙風

又 用前韻

一杯莫落他人後富貴功名壽胸中書傳有餘香寫得蘭亭小字記流觴　問誰分我漁樵席江海消閒日看看天上拜恩濃卻怕畫樓無處著春風

又 賦虞美人草

當年得意如芳草日日春風好拔山力盡忽悲歌飲罷虞兮從此奈君何　人間不識精誠苦貪看青青舞驀然斂袂卻亭亭怕是曲中猶帶楚歌聲

浪淘沙 山寺夜半聞鐘

身世酒杯中萬事皆空古來三五箇英雄雨打風吹何處是漢殿秦宮　夢入少年叢歌舞匆匆老僧夜半誤鳴鐘驚起西窗眠不得捲地西風

又 賦虞美人草

不肯過江東玉帳匆匆只今草木憶英雄唱著虞兮當日曲便舞春風　兒女此情同往事朦朧湘娥竹上淚痕濃舜日重瞳堪痛恨羽又重瞳

又 送史子似縣尉

金玉舊情懷風月追陪扁舟千里興佳哉不似子猷行半路卻棹船回　來歲菊花開記我清杯西風雁過鎖山臺把似倩他書不到好與同來

減字木蘭花 宿僧房有作

僧窗夜雨茶鼎熏爐宜小住卻恨春風勾引詩來惱殺翁　狂歌未可且把一尊料理我我到亡何卻聽農家陌上歌

又

昨朝官告一百五年村父老更莫驚疑剛道人生七十稀　使君喜見恰限華堂開壽宴問壽如何百代兒孫擁太婆

又 長沙道中壁上有婦人題字若有恨者用其意為賦

盈盈淚眼往日青樓天樣遠秋月春花輸與尋常姊妹家　水村山驛日暮行雲無氣力錦字偷裁立盡西風雁不來

南歌子 山中夜坐

世事從頭減秋懷徹底清夜深猶送枕邊聲試問清溪底事未能平　月到愁邊白雞先遠處鳴是中無有利和名因甚山前未曉有人行

又 獨坐蔗庵

玄入參同契禪依不二門細看斜日隙中塵始覺人

問何處不紛紛　病笑春先到開剗懶是眞百般嬌

鳥苦撩人除卻提壺此外不堪聞

又 新開池戲作

散髮披襟處浮瓜沈李時涓涓流水細侵階鑿箇池

兒喚箇月兒來　畫棟頻搖動紅蕖盡倒開鬬白紅

粉照香腮有箇人人把箇鏡兒猜

醉太平 春景

態濃意遠眉顰笑淺薄羅衣窄絮風輕鬢雲欺翠捲

南園花樹春光暖香徑裏榆錢滿欲上鞦韆又驚

懶且歸休怕晚

漁家傲 爲余伯熙察院壽信之讖云水打烏龜石三台出此時伯熙舊居城西直龜山

之北溪水齧山足矣意伯熙當之耶伯熙學道有新功一日語余云溪上嘗得異石有文隱然如記姓名且有長生等字余未之見也因其生朝姑摭二事爲詞以壽之

道德文章傳幾世到君合上三台位自是君家門戶

事當此際龜山正抱西江水　三萬六千排日醉鬢

毛只恁青青地江裏石頭爭獻瑞分明是中間有箇

長生字

錦帳春 席上和杜叔高

春色難留酒杯常淺更舊恨新愁相間五更風千里

夢看飛紅幾片這般庭院　幾許風流幾般嬌懶問

相見何如不見燕飛忙鶯語亂恨重簾不捲翠屏平

遠

太常引 建康中秋夜為呂潛叔賦

一輪秋影轉金波飛鏡又重磨把酒問姮娥被白髮欺人奈何　乘風好去長空萬里直下看山河斫去桂婆娑人道是清光更多

又 壽韓南澗尚書

君王著意履聲間便合押紫宸班今代又尊韓道吏部文章泰山　一杯千歲問公何事早伴赤松閒功業後來看似江左風流謝安

又 賦十四絃

仙機似欲織纖羅髣髴度金梭無奈玉纖何卻彈作清商恨多　朱簾影裏如花半面絕勝隔簾歌世路苦風波且痛飲公無渡河

又 壽趙晉臣敷文

論公者德舊宗英吳季子百餘齡奉使老於行更看舞聽歌最精　須同衞武九十入相菉竹自青青富貴出長生記門外清溪姓彭 彭溪晉臣居也

東坡引 閨怨

玉纖彈舊怨還敲繡屏面清歌自送西風雁雁行吹字斷雁行吹字斷　夜深拜半月瑣窗西畔但桂影空階滿翠帷自掩無人見羅衣寬一半羅衣寬一半

又

君如梁上燕妾如手中扇團團青影雙雙伴秋來腸

欲斷秋來腸欲斷　黃昏淚眼青山隔岸但咫尺如
天遠病來只謝旁人勸龍華三會願龍華三會願

又

花稍紅未足條破驚新綠重簾下偏闌干曲有人春
睡熟有人春睡熟　鳴禽破夢雲偏目蹙起來香腮
褪紅玉花時愛與愁相續羅裙過半幅羅裙過半幅

夜遊宮 苦俗客

幾箇相知可喜才廝見說山說水顛倒爛熟只這是
怎奈何一回說一回美　有箇尖新底說底話非名
非利說的口乾罪過你且不罪俺略起去洗耳

戀繡衾 無題

長夜偏冷添被兒枕頭兒移了又移我自是笑別人
底卻元來當局者迷　如今只恨因緣淺也不曾抵
死恨伊合手下安排了那筵席須有散時

杏花天 無題

病來自是於春懶但別院笙歌一片蛛絲網偏玻璃
盞更問舞裙歌扇　有多少鶯愁蝶怨甚夢裏春歸
不管楊花也笑人情淺故故沾衣撲面

又

牡丹昨夜方開偏畢竟是今年春晚荼蘼付與薰風
管燕子忙時鶯懶　多病起日長人倦不待得酒闌
歌散甫能得見茶甌面卻早安排腸斷

又　嘲牡丹

牡丹比得誰顏色似宮中太眞第一漁陽鼙鼓邊風急人在沈香亭北　買栽池館多何益莫虛把千金拋擲若教解語應傾國一箇西施也得

唐河傳　做花間體

春水千里孤舟浪起夢攜西子覺來村巷夕陽斜幾家短牆紅杏花　曉雲做造些兒雨折花去岸上誰家女太顛狂那邊柳線被風吹上天

醉花陰　爲人壽

黃花漫說年年好也趁秋光老綠鬢不驚秋若鬭尊前人好花堪笑　蟠桃結子知多少家住三山島何

日跨飛鸞滄海飛塵人世因緣了

品令　族姑慶八十來索俳語

更休說便是箇住世觀音菩薩甚今年容貌八十歲見底道纔十八　莫獻壽星香燭莫祝靈椿龜鶴只消得把筆輕輕去十字上添一撇

惜分飛　春思

翡翠樓前芳草路寶馬墜鞭暫駐最是周郎顧幾度歌聲誤　望斷碧雲空日暮流水桃源何處聞道春歸去更無人管飄紅雨

柳梢青　和范先之席上賦牡丹

姚魏名流年年攬斷雨恨風愁解釋春光剩須破費

酒令詩籌　玉肌紅粉温柔更盡天香未休今夜
簪花他年第一玉殿東頭

又　三山歸途代白鷗見嘲

白鳥相迎相憐相笑滿面塵埃華髮蒼顏去時曾勸
聞早歸來　而今豈是高懷爲千里蓴羹計哉好把
移文從今日日讀取千回

又　辛酉生日前兩日夢一道士話長年之術夢中痛以理折之覺而賦八難之辭

莫鍊丹難黃河可塞金可成難休辟穀難吸風飲露
長忍飢難　勸君莫遠遊難何處有西王母難休采
藥難人沈下土我上天難

河瀆神　女城祠效花間體

芳草綠萋萋斷腸絕浦相思山頭人望翠雲旗蕙肴
桂酒君歸　惆悵畫簷雙燕舞東風吹散靈雲香火
冷殘簫鼓斜陽門外今古

武陵春　春興

桃李風前多嫵媚楊柳更温柔喚取笙歌爛熳遊且
莫管閒愁　好趁晴時連夜賞雨便一春休草草杯
盤不要收纔曉又扶頭

又

走去走來三百里五日以爲期六日歸時已是疑應
是望多時　鞭箇馬兒歸去也心急馬行遲不免相
煩喜鵲兒先報那人知

謁金門 無題

遮索月雲外金蛇明滅翻樹啼鴉聲未徹雨聲驚落葉　寳炬成行嫌熱玉腕藕絲誰雪流水高山絃斷絕怒蛙聲自咽

又

山吐月畫燭從敎風滅一曲瑤琴纔聽徹金蕉三兩葉　驟雨微涼還熱似欠舞瓊歌雪近日醉鄉音問絕有時清淚咽

又

歸去未風雨送春行李一枕離愁頭徹尾如何消遣是　遙想歸舟天際緑鬟瓏璁慵理好夢未成鶯喚

起粉香猶有殢

酒泉子 無題

流水無情潮到空城頭盡白離歌一曲怨殘陽斷腸人　東風官柳舞雕牆三十六宮花濺淚春聲何處說興亡燕雙雙

霜天曉角 旅興

吳頭楚尾一棹人千里休說舊愁新恨長亭今如此　宦遊吾倦矣玉人留我醉明日落花寒食得且住爲佳耳

又

暮山層碧掠岸西風急一葉輕紅深處不是利名客

玉人還佇立綠窗生怨泣萬里衡陽歸恨先倩雁
寄消息

點絳脣 留博山寺聞光風主人微恙而歸時春漲斷橋

隱隱輕雷雨聲不受春回護落梅如許吹盡牆邊去
春水無情礙斷溪南路憑誰訴寄聲傳語沒箇人
知處

又

身後虛名古來不換生前醉青鞋自喜不踏長安市
竹外僧歸路指霜鐘寺孤鴻起丹青手裏翦破松
江水

生查子 山行寄楊民瞻

昨宵醉裏行山吐三更月不見可憐人一夜頭如雪
今宵醉裏歸明月關山笛收拾錦囊詩要寄楊雄
宅

又 民瞻見和再用韻

誰傾滄海珠簸弄千明月喚取酒邊來輭語裁春雪
人間無鳳凰空費穿雲笛醉裏卻歸來松菊陶潛
宅

又 有覓詞者為賦

去年燕子來繡戶深深處花徑得泥歸都把琴書汙
今年燕子來誰聽呢喃語不見捲簾人一陣黃昏
雨

又 獨遊西巖

溪邊照影行天在清溪底天上有行雲人在行雲裏

高歌誰和余空谷清音起非鬼亦非仙一曲桃花

水

又

青山招不來偃蹇誰憐汝歲晚太寒生喚我溪邊住

山頭明月來本在天高處夜夜入清溪聽讀離騷

去

又

青山非不佳未解留儂住赤腳踏層冰為愛青溪故

朝來山鳥啼勸上山高處裁意不關渠自在尋詩

去

又 簡吳子似縣尉

高人千丈崖太古儲冰雪六月火雲時一見森毛髮

俗人如盜泉照影成昏濁高處掛吾瓢不飲吾寧

渴

又 和趙晉臣敷文春雪

浸天春雪來纔抵梅花半最愛雪邊人些些裁成亂

雪兒偏解歌只要金杯滿誰道雪天寒翠袖闌干

暖

又

梅子褪花時直與黃梅接煙雨幾曾開一春江裏活

富貴使人忙也有閒時節莫作路旁花長教人看
殺

又 題京口郡治塵表亭

悠悠萬世功矻矻當年苦魚自入深淵人自居平土
紅日又西沈白浪長東去不是望金山我自思量
禹

尋芳草 嘲陳莘叟憶內

有得許多淚更閒卻許多鴛被枕頭兒放處都不是
舊家時怎生睡　更也沒書來那堪被雁兒調戲道
無書卻有書中意排幾箇人人字

阮郎歸 耒陽道中為張處父推官賦

山前燈火欲黃昏山頭來去雲鷓鴣聲裏數家村瀟
湘逢故人　揮羽扇整綸巾少年鞍馬塵如今憔悴
賦招魂儒冠多誤身

昭君怨 豫章寄張守定叟

長記瀟湘秋晚歌舞橘洲人散走馬月明中折芙蓉
今日西山南浦畫棟朱簾雲雨風景不爭多奈愁
何

又 送晁楚老遊荊門

夜雨翦殘春韭明日重斟別酒君去問曹瞞好公安
試看如今白髮卻為中年離別風雨正崔嵬早歸
來

又

人面不如花面花到開時重見獨倚小闌干許多山

落花西風時候人共青山都瘦說到夢陽臺幾曾

來

烏夜啼 山行約范先之不至

江頭醉倒山公月明中記得昨宵歸路笑兒童　溪

欲轉山已斷兩三松一段可憐風月欠詩翁

又 先之見和復用韻

人言我不如公酒杯中更把平生湖海問兒童　千

尺蔓雲葉亂繫長松卻笑一身纏繞似衰翁

又

晚花露葉風條燕燕高行過長廊西畔小紅橋　歌

再唱人再舞酒纔消更把一杯重勸摘櫻桃

一絡索 閨思

羞見鑑鸞孤卻倩人梳掠一春長是為花愁甚夜夜

東風惡　行繞翠簾珠箔錦牋誰記玉觴淚滿卻停

觴怕酒似郎情薄

又 信守王道夫席上用達夫賦金林檎韻

錦帳如雲處高不知重數夜深銀燭淚成行算都把

心期付　莫待燕飛泥汙問花花訴不知花定有情

無似卻怕新詞妒

如夢令 賦梁燕

燕子幾曾歸去只在翠巖深處重到畫梁間誰與舊巢爲主深許深許聞道鳳凰來住

憶王孫秋江送別集古句

登山流水送將歸悲莫悲兮生別離不用登臨怨落暉昔人非惟有年年秋雁飛

稼軒詞卷第四終

图书在版编目(CIP)数据

稼轩词 /（宋）辛弃疾著；（明）毛晋辑. —北京：中国书店，2012.9
（中国书店藏版古籍丛刊）
ISBN 978-7-5149-0456-7

Ⅰ.①稼… Ⅱ.①辛…②毛… Ⅲ.①宋词－选集
Ⅳ.① I222.844

中国版本图书馆CIP数据核字（2012）第211074号

中國書店藏版古籍叢刊

稼軒詞

一函二册

作　　者	宋·辛弃疾　著　明·毛晋　輯
出版發行	中國書店
地　　址	北京市琉璃廠東街一一五號
郵　　編	一〇〇〇五〇
印　　刷	北京華藝齋古籍印務有限責任公司
版　　次	二〇一二年九月
書　　號	ISBN 978-7-5149-0456-7
定　　價	一一〇〇元